Querida te desejo a morte

Querida te desejo
a morte

Fernando Barrile Garcia de Souza

EntreteLER

CIP BRASIL – Ficha Catalográfica Independente

S729q SOUZA, Fernando Barrile Garcia
Querida Te Desejo a Morte / Fernando Barrile
Garcia de Souza – São Paulo: Edição do Autor
ISBN: 979-82-15-55311-4

1. Comédia 2. Relacionamento Conjugal

I. Título.

CDD: B869.7
CDU: 82-7

1

Vila dos Pescadores é uma cidade de porte médio que fica na costa de algum país da Europa. Agitada, cheia de pessoas, comércios e fábricas, o lugar engana os visitantes de primeira viagem que acham os prédios baixos, as ruas estreitas e a arquitetura antiga o visual perfeito de uma pacata cidade interiorana.

E é neste lindo lugar que mais um belo dia ensolarado nasce, com os raios amarelados surgindo no horizonte do litoral iluminando e aquecendo os condomínios de classe média baixa da região sul da cidade. Os passarinhos cantam e as crianças começam a correr pelas ruas enquanto os vendedores abrem seus negócios para começar o último dia da semana.

Um rapaz de bicicleta passa gritando, — Ainda bem que é sexta-feira seu João!

O padeiro ainda levantando a porta de correr vira sorridente, — Bom dia Marcos... Para mim não faz diferença, abro todos os dias! — Ele acena e continua com seus afazeres; Logo acima dele a velha porta branca de uma varanda se abre, nela, Vicente dá de cara com o sol. O velho careca e magricelo abre os braços com o calor dos raios em seus rostos e dá uma longa e tranquila inspirada no ar. Um sorriso aparece timidamente no canto de sua boca, mas de repente uma mão pesada corta o ar e um tapa forte no seu ombro estala fazendo um barulhão por todo o quarto.

— Vai ficar o dia todo aí vadiando? — Quem grita com ele é sua esposa, Francesca. Uma senhora gorda com uma leve corcunda, uma carranca pesada e bobs no cabelo.

Enquanto respira o nariz da velha dá um leve assobio, algo que sempre acontece, mas que fica mais perceptível e frequente quando ela está mal-humorada, o que acontece praticamente o tempo todo.

— Tem café na mesa da cozinha. Veja se não se atrasada para o trabalho de novo.

— E quando foi que eu atrasei? Pergunta Vicente.

— Eu sei que você vive se atrasando. Eu sei que horas você entra na fábrica e sei que horas você as de casa. Não ache que sou uma tola.

Sorrindo ele começa a trocar o pijama por roupas sociais velhas e batidas. — Mulher você quer saber mais do que eu que sou quem vai para o trabalho todo dia?!

— O que eu quero saber Vicente... É quando você vai jogar aquele sofá velho fora. — Ela sai do banheiro com um sexto de roupas sujas na mão. — Aquela porcaria está jogada no quintal a mais de uma semana e agora ficou todo molhado com a chuva de ontem. Daqui a pouco vai começar a atrair ratos. — Ela se aproxima dele e mostra o sexto de roupas sujas para o velho. — Olha isso. Quando você tem alguma coisa para fazer, simplesmente vá lá e faça... Não fique enrolando como um preguiçoso.

— Está bem, querida... assim que eu chegar do trabalho eu dou um jeito nisso.

Ela bufa e fecha a cara ainda mais, o assobio do nariz fica mais forte. — Quando você chegar do trabalho?... E que horas vai ser isso?

— Mas não é você quem sabe a hora que eu saio e a hora que eu chego? Você deve saber bem...

— Eu sei que horas eu vou dar com o rolo de massa na sua cabeça... — Ela vai saindo do quarto e falando enquanto anda. — É bom você dar um jeito naquele trambolho... Eu não vou ficar o fim de semana todo com aquela coisa aqui em casa.

— Mas Francesca, o sofá está no quintal... — Ele coloca o terno cinza surrado e segue ela até a cozinha. — Qual o problema de deixá-lo lá fora por mais um ou dois dias?

— O problema é que eu não quero este monte de lixo aqui em casa. Se nós compramos um novo é para jogar o velho fora certo? Então jogue fora.

Vicente se senta na mesa da cozinha e começa a tomar o café da manhã. Ele fala enquanto passa manteiga no pão. — Tudo bem eu vou jogar, mas só vou poder fazer isso quando chegar do trabalho.

— Não mesmo. — Ela coloca o sexto de roupa suja perto de uma máquina velha na lavanderia e volta para mesa. Pega o pão da mão de Vicente e raspa um pouco da manteiga e devolve para o pote. — Você está comendo muita gordura ultimamente. Eu não quero você engordando não... Já chega ser velho, agora velho e gordo não dá... — Em seguida ela coloca seis colheres de açúcar bem cheias no café dele.

— Que bom que eu tenho você para cuidar de mim... — Ele toma o café e começa a comer o pão. — Deixa o sofá onde está e no fim de semana durante a minha folga eu dou um jeito de jogar ele fora.

— Não... não... não. Eu já disse que não quero este trambolho aqui o fim de semana todo.

— Está bem mulher. — Ele dá um último gole no café, se levante e vai em direção a porta. — Assim que eu chegar do trabalho eu dou um jeito de me livrar dele.

— Não. Eu te conheço Vicente. Hoje é sexta-feira, você vai se juntar com aquele imprestável do Augusto e vão parar para beber em algum boteco por aí... Pode para de me enrolar... Pode dar um jeito neste monte de lixo.

— E o que você sugere que eu faça se já estou saindo para trabalhar?

— Não sei peça para algum daqueles vagabundos que ficam na praça para vir aqui e tirar ele para você.

— Eles não são vagabundos, Francesca, eles são aposentados...

— Não interessa... — A velha começa a lavar a louça do café da manhã. — ... São desocupados. Eles vivem jogando conversa fora com você, o que significa que tem muito tempo livre... Peça para um deles fazer algo para te ajudar já que são seus amigos...

Vicente coça a cabeça, mas pondera, a ideia não é ruim os aposentados da praça estão sempre por ali e alguns fazem bicos hora ou outra para arranjar uns trocados a mais, com certeza ele deve conseguir alguém para jogar o sofá fora por ele.

— Está bem eu vou passar por lá, mas já vou avisando... Se alguém quiser me ajudar vai cobrar por isso...

— E você trabalha para o que Vicente? — Francesca olha para ele com firmeza. — Vá logo ou você vai se atrasar para o serviço...

Ele se despede e sai da casa, quando está fechando o portão a houve gritando pela janela da cozinha. — Resolva logo isto!

— Tah bem... Tah bem... — Grita ele de volta. — Tah bem velha chata... — Resmunga ele baixinho.

2

Vicente desce a rua fazendo um caminho um pouco mais longo para o trabalho do que o de costume, ele chega até a praça de frente para o litoral e olha em todas as direções, procura por todos os lados, mas não encontra nenhum dos aposentados que costumam contar suas longas histórias nos fins de tardes enquanto jogam dama e xadrez.

O dono da banca de jornais, vê o homem magricelo andando apreçado de um lado para o outro. — Oi Vicente. Tudo bem, o que está fazendo?

— Bom dia Mário. Estou procurando alguém para me ajudar numa tarefa caseira. Você sabe por onde eles andam? Eu preciso que me ajudem a jogar um velho sofá fora!

Mário coça a cabeça e faz uma careta negativa. — Você deu asar... Hoje é a última sexta do mês, é dia de feira lá no píer...

Vicente solta um resmungo enquanto o outro homem continua. — Eles não vão chegar aqui antes das três ou quatro horas da tarde. Você vai ter que ir até lá para encontrar alguém.

— Não posso. Estou em cima da hora, vou ter que arranjar outra pessoa. — Vicente olha o relógio e depois de volta para Mario. — Você não poderia me fazer este favor? E pago um bom trocado! É só se livrar do sofá... Você pode jogar eles no depósito de lixo do bairro ou queimar... tanto faz... só preciso que ele saia de casa...

— Não, não, não. Eu adoraria ajudá-lo, mas eu estou sozinho hoje, o rapaz que me ajuda não veio trabalhar e eu não posso deixar a banca sozinha e muito menos fechá-la. Sexta é um dos dias que mais vendo. Mas porque você não liga para essas empresas que retiram lixo e entulho, tenho certeza de que eles dão um jeito nisso.

— Boa ideia Mário, será que eu consigo que eles venham hoje?

— Hahaha... Não... Com certeza não! Eles marcam um dia para vir até sua casa. Isso vai ficar para semana que vem.

— Você realmente é um vendedor de jornais... Só tem notícias ruins.

Mário fecha a cara e fala agora com o tom mais firme. — Bom se você quiser tentar o número é esse... — Ele volta até o balcão da banca e pega um cartão... — Está empresa fica aqui no bairro perto da ponte, se alguém puder fazer isso rápido serão eles!

O velho faz um comprimento puxando a alça da boina. — Agora tenho muita coisa para fazer. Tenha um bom dia Vicente.

3

Correndo o velho passa pelo portão da distribuidora de peixes da cidade, uma das maiores empregadoras da região. Ele pega o cartão de entrada o carimba e corre para o vestiário, lá dentro tira o paletó surrado, a gravata e joga tudo dentro de um armário. Depois ele veste um avental e sai correndo novamente.

Em um enorme pátio com uma das laterais completamente aberta deixando uma bela vista do mar, vários trabalhadores trazem peixes já limpos de uma plataforma em cestos e os jogam sobre várias longas bancadas onde dezenas de homens arrumam os peixes em caixas de madeira forradas por um plástico cheio de gelo para que possam ser embarcadas em caminhões e distribuídas nas cidades mais próximas.

Em uma destas bancadas, Augusto outro magricelo um pouco mais jovem que Vicente e muito mais tagarela faz seu trabalho enquanto puxa papo com todo mundo que se aproxima, sempre com um sorriso simpático no rosto e uma gargalhada bem estridente.

— Olá meu velho... Achei que você já tinha começado seu fim de semana! — Ele vira para outro trabalhador e o cutuca — Esse aqui é patrão... pode chegar aqui a hora que quiser!

— Fica quieto Augusto, eu não quero chamar a atenção do Reginaldo... — Vicente arregaça as mangas da camisa apreçado e logo começa a separar os peixes.

— Relaxe... você está quase trinta minutos atrasado, só para variar. Ele já sabe e já deve estar pensando na bela bronca que vai lhe dar.

O velho bufa — Nem me fale, ele já me deu está bronca ontem e já havia reclamado na segunda. Ontem ele me disse que já estava farto dos meus atrasos e que dá próxima vez me suspenderia por uma semana sem salário.

— Horas bolas... e por que você foi atrasar novamente logo hoje? — Ele cutuca o trabalhador do outro lado — Viu... eu disse que este é chefão aqui. Quer ficar uma semana em casa só descansando... e dinheiro pelo jeito não é problema... — Os homens em volta começam a rir.

— Não... Foi aquela maldita velha... Ela me fez perder um tempo danado hoje de manhã...

— Seu malandrão começou a sexta-feira cheio de amor não foi...

— Não mesmo... Ela estava reclamando e xingando.

— Grande novidade. Ela só não reclama dela mesma porque nem ela se aguentaria grunhindo o tempo todo!

— Exatamente, ela agora está pegando no meu pé por causa daquele sofá velho que está encostado no quintal. Já não basta comprar um novo, eu procurei, eu comprei, eu paguei e mesmo assim sempre tem alguma coisa nova para ela me infernizar.

Augusto começa a rir. — Isso por que você esqueceu dos barulhos que ela faz... — Ele começa a assoprar com o nariz forçando o ar para fazer barulho... — Hahaha... Aquela mulher é uma peça.

Um homem parrudo com barba por fazer e um bigode bem cheio chega por trás de Augusto e com firmeza chama sua atenção o assustando.

— Senhores que bom que estão felizes... Isso significa que teremos um dia bem proveitoso não é mesmo. — Reginaldo encara os homens como se esperasse uma resposta mesmo sabendo que ela não viria. — Falem menos e trabalhem mais por favor! — Ele se afasta e dá alguns passos antes de virar com ironia. — É claro que você Vicente, vai trabalhar alguns minutos a menos que os demais... como de costume. Antes de sair para o almoço passe na minha sala... Quero falar com você.

— Desculpe senhor eu tive um problema com a minha esposa...

— Do que se trata? Ela está doente?

— Hahaha... — a risada de Augusto parece um clarão no escuro...
— Não seu Reginaldo... é o tipo de problema... como posso dizer?... de
rédeas curtas...

— A risada se espalha e o chefe quem precisa tomar as rédeas
novamente. — Ei ei. Parem de rir... isto aqui não é uma mesa de bar... —
Grita ele. — Vicente, conheço bem o jeito da sua esposa... já ouvi você se
queixando dela antes... já ouvi suas reclamações... Aceite meu conselho!
Resolva seus problemas caseiros quando estiver em casa ou você vai passar
muito mais tempo com ela do que gostaria!

— Pega leve com ele chefe. A mulher dele é um pesadelo.

— Eu sou um pesadelo Augusto!

— Com todo respeito patrão, mas você é um gatinho ronronando
perto daquela senhora!

— Você quer testar sua teoria? — O chefe se aproxima com a cara
fechada e os demais ficam em silêncio. — Antes do almoço na minha sala
Vicente!

Vicente acena positivamente com a cabeça e continua trabalhando.
Ele pega um dos jornais com que embrulham os peixes, mas para e fica
encarando o pedaço de papel por um tempo.

— O que foi? Está checando os números da loteria?

Não... — Ele vira o jornal para o amigo e mostra uma matéria que
conta a história de um homem que matou a família e depois se suicidou.

— Qualquer hora dessas eu vou fazer algo do tipo, você vai ver só.

— Ei calma lá, não exagera... Você se livra de megera e se mata logo
em seguida... Qual a vantagem?... — Ele solta outra gargalhada.

4

Já é próximo da hora do almoço e os homens da distribuidora continuam com seus afazeres. No fundo do pátio, Vicente desliga o telefone irritado e volta para o balcão separar os peixes.

— Tudo bem? Conseguiu que retirem o sofá?

— Não. Eles só podem passar lá na semana que vem.

— Você trouxe algo para comer ou vai almoçar na rua? — Pergunta Augusto. — Eu estou louco por uma daquelas tortas da galeria da outra rua...

— Infelizmente eu vou ter que correr até em casa para resolver este assunto do sofá. Se eu não der um jeito nisso a Francesca vai arruinar o meu fim de semana e sinceramente com o Reginaldo me enchendo eu estou no meu limite e se ela começar com aquela falação eu não respondo por mim.

— Mas o que você vai fazer? Pedir para o sofá ir embora? São quase trinta minutos daqui até lá e mais trinta de volta, você nunca vai conseguir e hoje definitivamente não é o dia certo para você demorar no almoço.

— Eu não sei o que vou fazer, mas preciso encontrar alguém para se livrar daquele sofá

— Por que você não pede para algum daqueles caras do porto? — Sugere Augusto. — Eles sã forte, estão acostumados a carregar peso e depois que descarregam os navios ficam boa parte do dia sem fazer nada. Tenho certeza de que você consegue que alguns deles te ajudem.

— Essa é uma boa ideia. O porto é aqui perto e eles ficam mesmo o dia todo enrolando, acho que vou passar por lá e oferecer um pouco de dinheiro para que vão até a minha casa. Quando chegar do trabalho isto já vai estar resolvido.

— Só tome cuidado com eles. Muitos destes caras são malandros e dizem que alguns deles trabalham no mar para fugir e se esconder dos problemas que causaram na cidade.

Vicente da de ombro. — Não tem perigo algum eu só vou pagar depois que fizerem o serviço.

— Mas eles vão ter livre acesso a sua casa e tudo o que tem lá dentro.

Uma pequena luz se acende na cabeça de Vicente. Por um segundo ele imaginou que poderia colocar homens perigos na mesma casa que Francesca e que ela estaria sozinha e indefessa la dentro e o pior de tudo é que ele gostou da ideia. Logo ele chacoalha a cabeça e tira esta ideia do pensamento. Não que ela não merecesse um bom susto, mas no final de tudo seria ele quem ia acabar escutando mais uma tonelada de reclamações de como ele permitiu isso e foi irresponsável e inconsequente... conseguia imaginar as palavras e olhares julgadores que ela lançaria sobre ele, conseguia até mesmo ouvir o assobio do nariz... o assobio que ele tanto odeia; E de repente a imagem de um homem mascarado amarrando Francesca em uma cadeira lhe fez soltar um discreto sorriso.

— Terra chamando... — Estalando os dedos bem em frente ao seu rosto, Augusto o desperta. — Ei... Acorda rapaz... Já está quase na hora do almoço. Você não vai lá ouvir o sermão do seu Reginaldo?

— Sim... sim... Já estou indo. Depois eu vou ver se consigo alguém para dar um jeito na Francesca... Quer dizer, alguém para dar um jeito no sofá.

— Fica tranquilo, os dois são bem parecidos... ocupam muito espaço, são pesados e depois de um tempo temos vontade de jogá-los pela janela não é mesmo hahaha.

Vicente sorri envergonhado. — Então você vem comigo? Depois podemos ir até à galeria comer alguma coisa.

— Claro. Vá ver logo o que o patrão quer, eu te espero lá na portaria.

5

Reginaldo está sentado em sua cadeira debruçado nos cotovelos, segurando o telefone contra o ouvido com uma das mãos e a outra apertando de leve os olhos num claro sinal de irritação. Vicente pensa se não seria melhor retornar mais tarde, mas ele já pisou na bola muitas vezes nos últimos dias e acha por bem aguardar um pouco; Ele espera plantado no pé dá porta.

— Sim, senhora, eu entendi tudo o que a senhora disse e pode acreditar em mim, eu vou passar o seu recado para ele palavra por palavra.

— Finalmente ele levanta a cabeça e vê o homem velho parado esperando, ele faz um sinal para que ele entre, mas pede para que ele fique em silêncio.

— Tudo bem, por nada senhora. — Reginaldo desliga o telefone e olha para Vicente. — Vicente... Era sua esposa no telefone, ela estava fazendo mais uma das suas ligações de emergência...

— Me desculpe chefe, eu nem sei o que dizer. — Ele baixa a cabeça, completamente envergonhado.

— Ela costuma ligar pedindo para que lhe avise de não esquecer o pão ou pedindo para que você pare de jogar suas meias sujas atrás do vaso sanitário e outras coisas sem sentido... Geralmente não dou muita atenção, para ser sincero quase todas às vezes nem mesmo escuto o que ela diz. Eu prefiro não te passar esses recados e acredito que você também prefira não recebê-los, — Vicente concorda e o chefe prossegue. — Mas hoje como você está por aqui e ela está mais insistente que o normal, inclusive já é a segunda ligação dela, vou te repassar o que ela me disse. — O chefe cruza os dedos e se debruça para frente sobre a mesa.

Ele não parece acreditar que realmente vai dizer o que vai dizer — Ela me pediu para lhe avisar... Que você ficou de se livrar do seu antigo sofá hoje pela manhã e que já se passaram algumas horas e o sofá continua no mesmo lugar!

Vicente não sabe ondo enfiar a cabeça para se esconder, ele encolhe os ombros e se afunda na cadeira em que está sentado. O patrão percebe a situação desagradável de Vicente, e pensa em mudar rápido de assunto, mas o assunto que realmente o levou até la é ainda mais desagradável.

Reginaldo hesita um pouco, mas não há nada que possa fazer. Ele se levante a vai até uma estante onde pega uma folha de papel. — Sabe o que é isso? — Ele se vira e encosta no armário de braços cruzados.

O velho trabalhador olha a folha na mão do chefe e faz que não com a cabeça. — Isto é apenas uma advertência, um aviso. — Responde Reginaldo. — E acredite, você precisa me agradecer por isso. O pessoal do escritório me pediu para suspendê-lo por um tempo... Eles insistiram bastante para que eu fizesse isso, mas eu consegui uma última chance para você Vicente. — Ele se senta novamente. — Eu os convenci a dar-lhe um aviso por escrito antes. Este papel é um aviso de que na sua próxima mancada... Não tem jeito serão trinta dias em casa... e sem salário.

Vicente engole em seco e pega o papel com o avisa nada agradável.

— Agora você já sabe não tem mais desculpas nem ameaças. Estás são as assinaturas dos diretores, se você pisar na bola novamente vai ter que se virar sem salário. — O chefe se levante e fica de costas para Vicente olhando para a janela. — Você tem potencial Vicente, mas precisa se dedicar mais, ser mais atencioso com seu trabalho e suas obrigações. — A frase penetra a cabeça de Vicente com um profundo desconforto e uma ligeira irritação, seja porque o chefe tem vinte anos a menos de idade, ou porque ele trabalha vinte anos a mais que o chefe na distribuidora, mas ele decide simplesmente agradecer e se calar; Afinal, Reginaldo sempre foi um homem muito esforçado e apesar da cara de durão, no fundo, sempre demonstrou ser uma boa pessoa e um patrão bastante tolerante.

Ele se levante e pergunta se já pode ir.

— Sim, pode.

Quando põe a mão na maçaneta o chefe lhe chama.

— Só mais uma coisa. Como disse, normalmente não daria atenção, mas já que estamos a sós aqui. — Ele abre a gaveta da mesa e pões um cigarro do maço na boa. — Sua esposa pediu para lhe falar também que precisou jogar uma das suas camisa no lixo.

— Obrigado chefe.

— Ela falou algo sobre ser sua camisa da sorte ou coisa do tipo, disse que era a camisa que você usou no nascimento do filho de vocês.

O sangue corre quente pelas veias de Vicente, seus olhos ficam vermelhos e sua mandíbula trinca completamente.

O pai de Vicente morreu em umas destas guerras estupidas quando Vicente tinha lá pelos seus quinze anos de idade e antes de partir para se apresentar ao exército o velho com quem ele tinha uma relação muito próxima e amorosa saiu correndo na estação de trem se despedindo apressadamente para não perder a viagem e acabou esquecendo a camisa junto com alguns papéis inúteis e um sanduíche no banco da plataforma. Vicente obviamente guardou a camisa como uma última recordação do pai e queria o destino ou o próprio Vicente que uma das poucas vezes em que a velha camisa saiu do guarda-roupas fosse no dia em que o filho dele com Francesca veio ao mundo. Ele se lembra com carinho de pensar em fazer uma homenagem ao pai usando sua última camisa na chegada de seu filho.

Vicente ainda desnorteado pergunta com a voz falha quase não saindo da boca. — Ela disse que jogou está camisa fora?... Está camisa em específico?

— Não sei Vicente. Ela disse que manchou com um produto... eu não sei... eu já disse que não dou muita atenção as emergências da sua mulher. Mas sei que você está em horário de trabalho e este não é o momento para se preocupar com isto não é mesmo.

— Claro senhor. Me desculpe.

Reginaldo acende o cigarro e pega alguns papeis na mesa. — Vicente.

— Pois não senhor?

— Nós temos telefones públicos no final do pátio. — Diz o chefe sem olhar para o outro homem enquanto solta a fumaça do cigarro pela boca. — Use-os Quando quiser falar com a sua esposa... Peça para que ela não ligue mais aqui.

<h1 style="text-align:center">6</h1>

Encostado no muro da distribuidora, Augusto bate papo com outros trabalhadores quando vê Vicente emburrado vindo em sua direção. Ele cumprimenta os outros homens e sai em direção ao amigo que ao longe vem esbravejando em voz baixa. — Velha miserável... Um dia eu mato você...

— Mas para que tanto ódio? — Interrompe Augusto. — O que te deixou tão bravo assim? Foi o Reginaldo, o que ele fez?

— Não é ele, a Francesca jogou uma camisa minha no lixo.

— Hahaha, mas você está todo irritado, seu rosto está vermelho até parece que sua cabeça vai explodir... e tudo isso por causa de uma camisa? Hahaha...

— Não era qualquer camisa, era a antiga camisa que meu pai me deixou antes de partir para o exército.

Augusto para de rir, o amigo já o havia contado mais de uma vez a história da despedida entre ele e, o pai e a importância daquela peça de roupa.

Eles andam em silêncio por um tempo, Vicente completamente perdido em seus pensamentos com a cara fechada, então Augusto tenta animar o amigo.

— Ei fique tranquilo, a camisa era só uma lembrança. Mais cedo ou mais tarde ela ia acabar ficando velha mesmo. Além do mais, de repente ela se enganou e jogou outra camisa fora e só se confundiu.

— Não, ela sabe bem o que sentia por aquela camisa, quando eu a pegava nas mãos, eu via a cara que ela fazia... Ela nunca gostou da camisa, vivia falando que era feia e que estava parecendo um pano de chão.

— Bom, você tem que admitir que ela não era a roupa mais nova que você tem...

— Não importa se ela é nova ou bonita... ela tinha um valor especial para mim... Tenho certeza que ela fez de propósito. Ela sempre me disse que era para eu me desfazer dela, aposto como ela fez isso de caso pensado.

O outro homem solta um longo "Ahhhhh". — Pelo amor de deus Vicente, o que está havendo com você hoje? — Ele para de andar e encara o velho. — Sinto muito pela sua camisa, mas com todo respeito... Dá última vez que vi você a usando ela estava tão velha que chegava a parecer transparente, a camisa já estava se desmanchando sozinha, é sério você parecia um velho maluco andando sem camisa por aí... Pare com isso por favor...

Vicente tenta respirar mais calmamente, pensa um pouco e concorda com a cabeça. — Afinal de contas ela nunca gostou da camisa, mas sempre tomou cuidado quando ia lavá-la ou guardá-la. Não teria por que agora depois de tantos anos ela fazer algo por pura maldade.

— Por pura maldade eu não sei. — Responde Augusto. — Porque a velha é má... — Ele abre um sorrisinho amarelo. — Quero dizer ela é bem chata com você não é mesmo, mas o que diabos ela ia ganhar jogando está bendita camisa fora. Tire essa ideia da cabeça deve ter sido um acidente. — Augusto aponta e chacoalha o dedo para Vicente. — Essa é inclusive uma ótima oportunidade de você se vingar do acidente que você teve ano passado com o carro.

Um ano antes Vicente perdeu o controle de um Citroën antigo que o casal tinha comprado com muito custo. Ele descia uma ladeira quando um cachorro atravessou a rua e ele tentou desviar, mas subiu na calçada, rodou e acertou um poste em cheio. Apesar de felizmente os dois saírem ilesos da batida o carro teve vários danos no motor que ficou todo arrebentado. Mas se Vicente saiu são e salvo do acidente. Isto foi até Francesca se dar conta do prejuízo. Além de lhe dar uns tapas no meio da rua em frente a todo mundo que viera socorrê-los, ela passou os meses seguintes atormentando o marido pela perda do carro, deixou de fazer as coisas para ele em casa, parou até mesmo de falar com ele por um tempo, a não ser pelas diversas e diversas broncas que ela dava de manhã, de tarde, de noite e às vezes na madrugada quando não se aguentava e acordava o velho para reclamar um pouco mais.

— É verdade. — Sorri Vicente. — Eu vou dar o troco... Eu vou infernizar aquela velha!

— Vai com calma meu amigo, você só precisa lembrar a ela que... — Vicente chacoalha a mão e interrompe Augusto.

— Dar o troco...

— Isso. Você pode dar o troco.

— Você não entendeu Augusto.

— O que eu não entendi? — Ele fica confuso.

— Eu não vou dar o troco nela, ela me deu o troco. — O amigo o olha ainda mais confuso e dá de ombros. — Você não percebe? É isto que ela ganha jogando a camisa do meu pai no lixo. Se vingar de mim; Eu sabia que ela tinha feito isso de propósito, eu senti isto.

— Mas do que é que você está falando agora?

— Ela nunca gostou da camisa do meu pai, mas agora ela tinha um motivo para se livrar dela... Se vinga de mim!

— E se vingar de você por causa do que homem?

Vicente fecha a cara, encara profundamente o amigo e depois olha para o nada perdido por alguns segundos. — O maldito do sofá!

7

Vicente corre até o orelhão mais próximo e começa a discar o número de casa enfurecido e o amigo logo atrás dele continua tentando acalmá-lo. Augusto segura ele pelo ombro e pede para que ele esqueça o assunto, mas o velho raivoso puxa o ombro tirando a mão do amigo e manda ele se afastar. — Me deixa, eu vou falar umas poucas e boas para aquela safada. Ela não perde por esperar.

Augusto se queixa e diz que desistiu daquele assunto. Ele anda alguns metros se vira e diz que vai almoçar na galeria e que quando o outro não estiver mais com toda aquela idiotice pode se juntar a ele.

Quando Vicente se vira para responder nota a padaria logo atrás de Augusto e dentro dela a televisão ligada no noticiário local; Nele um jornalista fala sobre o aumento da violência na cidade que anda ocupada por muitos criminosos e a consequência disso é que aumentaram significativamente o número de invasões e agressões na região.

No fim ele mostra um gráfico que indica as mulheres desacompanhadas como as vítimas preferidas pelos bandidos.

Com o telefone ainda no ouvido ele escuta Francesca atendendo.

— Alô? Alô? — Ele fica paralisando por um instante, por algum motivo louco ele não consegue tirar a matéria que leu no recorte de jornal em que um homem matou a esposa e depois se matou, lógico que ele não se mataria, mas seja pelo que for, se livrar da esposa lhe parece tão tentador.

— Alô? Fale alguma coisa desgraçado... Se não vai falar por que não morre e vai pro inferno idiota... — Francesca bate o telefone com violência sobrando só o sinal de ocupado. Vivente sabe que os xingamentos não eram para ele, mas aquilo serve de motivação. O velho desliga o telefone e pede para Augusto esperar por um segundo e então olha em volta. Logo ali do outro lado da rua começa o porto da cidade que se estende vários metros em diante; Espalhados por toda sua extensão estão jogados todo tipo de porcaria, caixas, sacos de lixo, restos de comida, roupas velhas e claro, muitos homens mal-encarados bebendo, jogando cartas e brigando. Estes não são os profissionais do porto, mas empregados temporários que são chamados pelos capitães para descarregar os navios e principalmente fazer viagens que não são informadas as autoridades portuárias. Uma prática favorável para os dois lados, enquanto os navios fazem duas ou até três viagens a mais do que o permitido sem pagar impostos ou informar o sindicato, os homens conseguem ajuda para sumir da cidade por algum tempo já que muitos cometem pequenos crimes e não podem ficar andando de um lado para o outro pelo menos até a poeira baixar.

Vicente observa os homens se perguntando se algum deles aceitaria fazer uma visita à Francesca.

— O que você está fazendo? Eu estou com fome... — Diz Augusto que ainda espera parado no meio da rua.

— Eu só vou ali falar com eles. Quero ver se consigo ajuda.

— Claro, para tirar o sofá. Que bom que o juízo retornou para sua cabeça! — Ele sai andando na direção do porto e manda Vicente se apressar com a mão. — Daqui a pouco a hora de almoço vai acabar.

O velho segura ele pelo braço. — Pode deixar que eu cuido disso sozinho. Se está com fome, vá pegar alguma coisa ali na feira só para enganar o estomago. — Ele vai se afastando — Coma alguma fruta, eu vou resolver isto rapidinho e já volto.

Na outra calçada ele passa por alguns dos homens analisando se encontra alguém que pareça disposto a sujar as mãos, apesar de todos parecerem dispostos a isso. Ele chega perto de um grupo que joga cartas.

— Boa tarde senhores. Eu preciso de ajuda com a minha esposa.

— Todos precisamos — Responde um deles e os outros dão risada.

— Eu preciso dar um susto nela, um susto de verdade. Será que consigo alguém para me ajudar?

Um rapaz mais jovem cutuca o nariz encarando Vicente. — Você acha que nós somos bandidos? — Os homens começam a rir novamente, mas o rapaz reclama e os manda parar. — Você acha que somos criminosos que você chega aqui falando que precisa disso ou daquilo e tah tudo certo? — Ele cospe perto do pé de Vicente. — Sai fora daqui velho, ou quem vai levar um susto é você.

Ele se afasta um pouco e vê um homem observando a conversa curioso. — Ei você, você pode me ajudar? — Mas o homem sai andando sem responder. Lá longe dá para ver Augusto comendo uma maçã de costa então ele decide tentar novamente. Depois de ser ignorado algumas vezes, de muita gente rir da sua cara e de quase ser escorraçado aos tapas por um velhinho estressado ele percebe que aquela ideia talvez não seja tão fácil de se executar quanto parecia num primeiro momento, mas decidido ele resolve ir embora e retornar no fim da tarde para procurar ao escurecer. Provavelmente durante a noite devem ter homens mais perigosos por ali e ele vai andando de volta quando uma figura queixuda com a barba rala, mas com um ruivo e cheio bigode começa a andar ao lado dele.

O homem acena com a boina azul que usa. — Está precisando de ajuda para se livrar de alguma coisa?

— Sim. — Vicente para de andar. — Mas não é exatamente uma coisa e sim alguém.

— Hahaha, eu sei. — Sua fala é mansa, mas grave. — Eu ouvi você falar da sua senhora. — O malandro, Marcel é do tipo que tapeia qualquer um, cheio de lábia é capaz de vender gelo para esquimó. — Você vai pagar pelo serviço é claro!?

— Claro. — Responde Vicente meio inseguro.

— E de quanto estamos falando? — Marcel põe um palito de dente na boca e começa a comer uvas que tira do bolso.

— Eu não sei. Eu tenho uns 200 aqui comigo.

— 200? Não meu querido, por este valor não tem como fazer muita coisa não? — Ele se vira.

— Mas em casa tem mais.

O malandro se vira. — E de quanto estamos falando?

— Uns 5000.

— Agora estamos nos entendendo. — Marcel passa o braço em volta do pescoço de Vicente e o puxa para saírem andando juntos. — Meu caro amigo. Alis como é mesmo seu nome?

— Vicente.

— Prazer eu sou Marcel. E Vic, meu amigo, você não vai se arrepender de ter contratado meus serviços. — Ele para e segura o velho pelos ombros. — Mas acho que agora você deve parar de andar pela rua espalhando que você quer matar sua esposa não é mesmo... Ou vamos ter problemas. — Ele dá uma piscada e dois tapas no peito de Vicente. — Para finalizarmos só precisamos discutir alguns detalhes.

— Claro. Que detalhes?

— Eu devo dar cabo da sua senhora em casa e o dinheiro estará lá, assim que fizer o serviço posso pegá-lo e me mandar? — Pergunta Marcel e Vicente concorda com a cabeça. — E onde o dinheiro vai estar?

— Eu guardo ele em uma caixa de sapatos branca no armário do quarto em um fundo falso da parede.

O malandro solta uma gargalhada alta. — Então detalhes resolvidos meu camarada!

Marcel olha por sobre os ombros de Vicente e vê um policial se aproximando. — Droga. Me passa os 200... Rápido. Vicente todo perdido não entende nada e o malandro insiste. — Vamos meu sócio. — Ele olha nos olhos do velho. — Agora nós somos sócios não somos? Estamos juntos nessa? — Ele praticamente enfia a mão nos bolsos do outro e pega sua carteira.

— Ei vai com calma. — Vicente pega a carteira de volta e a abre mostrando 260 contos em notas pequenas, quando começa a contá-las, Marcel tira tudo da sua mão.

— Agora fique aqui. — Ele puxa o jornal da mão de um homem próximo e enfia o jornal na cara de Vicente. — Finja que está lendo isso e se esconde. — Ele anda em direção ao policial. — Oficial Andries, que honra recebê-lo.

— Você já tem alguma coisa para me dar?

— Direto ao ponto como sempre. Melhor assim aposto que você deve estar muito atarefado. — Ele ri com ironia.

O policial narigudo e mal-encarado continua sem olhá-lo na cara. — Marcel ou você me paga alguma coisa hoje, ou pode ser que eu me esqueça de olhar para outro lado na próxima vez que pegá-lo roubando.

— Calma Andries. Para que todo este ódio no coração? Somos amigos não somos?

O oficial cerra os dentes e se aproxima dele — Não, não somos.

— O seu trabalho está te deixando estressado, você está o levando a sério demais... — Ele ri mais um pouco e puxa 40 contos do bolso. — Isto foi tudo o que eu tenho, mas em alguns dias eu vou conseguir mais.

— 40 contos, você acha que eu sou idiota Marcel? — O policial começa a passar a mão pelo seu paletó procurando algo mais.

— Tudo bem... Tudo bem, você está parecendo um cão farejador. — Ele tira mais 30 contos da camisa e finge procurar pelos bolsos até que tira mais 10 da cintura. — Está aqui, tudo o que eu tenho. De verdade agora. — Ele leva o dinheiro na direção do policial, mas recua. — Um homem precisa comer, me deixe fica com metade.

— Você é um rato Marcel, não um homem.

— Os ratos também comem não é mesmo, além do mais, morto pela fome e caído nas ruas eu não vou ter como levantar mais nada para te pagar.

O policial puxa o dinheiro com agressividade, encara Marcel e devolve 10 contos para ele. — Se vire com isso. — Depois de guardar o resto do dinheiro ele pega seu cacetete e vai até Vicente que parece uma estátua parada no meio da rua segurando uma folha de jornal velho na frente do rosto. Quando chega perto Andries puxa o jornal para baixo com o cacetete.

— Ei. Este é um homem de bem. — Diz Marcel. — O guarda consegue ver o rosto de Vicente antes que Marcel o esconda atrás do jornal novamente.

— Homem de bem andando com você?... Difícil acreditar! E porque ele está se escondendo?

— É só um trabalhador contratando um desocupado para um servicinho atoa qualquer, ele é um cidadão de bem e não quer ser visto pela nossa honrosa força policial andando com vagabundos como eu.

O policial pensa em insistir, mas acaba desistindo. — Eu vou procurá-lo nos próximos dias, Marcel. — Ele continua já de costas indo embora. — É melhor ter mais do que tinha hoje.

— Claro senhor! — Ele bate continência e volta para Vicente.

— Ele é da polícia, não vamos ter problemas?

— Não, não... Fique tranquilo, é um idiota. — Ele segura o rosto do velho e dá um tapinha na sua bochecha. — Agora meu amigo vamos dar um jeito na sua senhora.

— Você pode me devolver o dinheiro?

— Que dinheiro?

— O que você pegou de mim.

— Este dinheiro? Este dinheiro fica como entrada, afinal nós teremos que bolar um plano bem elaborado e muito cuidadoso.

— Sim, mas um homem precisa comer não é. — Ele sorri.

— Você quer ou não dar um fim na sua senhora? Por que foi você quem me procurou... — Ele tira a boina e a joga no chão. — Agora está me fazendo de bobo, se você quiser desistir fale logo.

— Não, eu não quero desistir.

Marcel abre um largo sorriso, pega a boina no chão e a coloca na cabeça. — Então você está reclamando do que meu amigo. Me passe seu endereço e hoje a noite você terá uma vida completamente nova.

8

Depois de conversar por mais alguns minutos com Marcel, Vicente retorna até onde Augusto o espera.

— Então, conseguiu ajuda? Espero que sim porque você demorou um bocado ali.

— Sim, consegui.

Os dois seguem até uma galeria próxima para almoçar. Chegando lá se sentam em uma mesa e pedem comida e bebida para o garçom que os atende.

Sentado olhando fixo para a mesa, Vicente não dá atenção para as tagarelices de Augusto que fala sobre esportes, filmes e sobre o trabalho, tudo em vão, o amigo não ouve uma palavra.

Depois de um tempo Augusto nota que está falando sozinho e cutuca Vicente. — Está tudo bem? Você parece que está no mundo da lua.

— Sim, está tudo bem. Só estou pensando um pouco em algo que fiz.

— E o que foi, algum problema? Alguma coisa no trabalho?

— Não. É outra coisa, mas deixe para lá.

Ainda percebendo a inquietude do amigo, Augusto insiste. — Vamos se abre comigo. Pode falar, o que te preocupa?

Vicente hesita um pouco dá uma gaguejada, mas decide contar para o outro os seus planos. Ele se abaixa na mesa e pede para que Augusto faça o mesmo e finalmente fala. — Eu fiz.

O outro homem acena positivamente como se tivesse entendido, mas em seguida coça a cabeça. — Que bom que fez. Mas fez o que?

— Aquilo que te mostrei no jornal mais cedo.

— Do que você está falando? — O garçom traz a comida, e eles esperam que ele os sirva antes de continuar a conversa. Assim que ele se vira, Augusto enfia um grande bocado na boca, mas mesmo de boca cheia ele não é do tipo que fica muito tempo quieto. Ele fala cuspindo — Fale logo, o que você me mostrou hoje? E o que você fez afinal?

Vicente dá um sorriso maldoso e fala bem baixinho. — Eu mandei aquele cara do porto matar a Francesca!

Os dois dão risada e Augusto continua comendo, ele grita chamando o garçom e pedindo um pouco de pimenta. Depois ele brinca com Vicente. — Mande eles jogarem ela para os tubarões, isto sim, é o que ela merce... Mas você sabe que eu falo isso com todo respeito né?

— Eu fiz mesmo. — Fala o velho. — Eu realmente mandei eles a matarem.

— Tah bom cara, isso é divertido, mas você já está começando a parecer um maluco com este assunto. Me fala aí, o que você achou do jogo de ontem?

Vicente afasta os pratos e se debruça ainda mais sobre a mesa ficando mais perto do amigo. — É sério Augusto. Eu falo sério, eu paguei para eles irem até a minha casa hoje para matar a Francesca.

Augusto encara o homem por um tempo sem entender se ele fala a verdade ou se ele só não percebeu que aquela brincadeira já perdeu a graça, mas é evidente que Vicente ficou eufórico ao contar aquela história.

— Você não está brincando não é mesmo?

O velho faz que não com a cabeça.

— Você ficou tapado de vez Vicente?! Eu falei que passar anos de mais cheirando esses peixes fedorentos iam afetar sua cabeça... Alguma coisa, uma bactéria sei lá deve ter se alojado no seu cérebro.

— Não Augusto eu não estou maluco nem nada, eu só quero me livrar daquela âncora que está me puxando para o fundo do mar. Além do mais você cheira esses mesmos peixes a tanto tempo quanto eu.

— Não mesmo você é o dono está distribuidora... Admite aí, você fundou esse lugar não foi? Só isso justificaria você atrasar e faltar tanto hahaha... — Augusto para de rir e do nada bate uma angústia. — Pera aí, o que eu estou falando? — Ele se levanta e fala bem alto no meio da galeria chamando a atenção dos outros. — Você mandou matar sua esposa, você perdeu o juízo seu idiota.

Vicente puxa ele e o senta de volta na cadeira. — Cala a boca. Quer parar de gritar um pouco. — O velho olha em volta para garantir que ninguém deu atenção ao assunto. — Eu fiz, já está feito. Agora é só esperar.

— Só esperar? Meu deus... Você tem noção do que está falando homem... É a sua esposa...

— Sim, é a Francesca, aquela que inferniza cada segundo do meu dia, que parece um castigo, que te acha um perdedor também, você se lembra dela?

Augusto parece surpreso por ouvir que Francesca o acha um perdedor... — Como assim um perdedor?

Vicente confirma — Sim, ela te acha um perdedor, acha que você fede a bebida e que não passa de um aproveitador que se aproximou de mim para mais cedo ou mais tarde pedir moradia para a gente.

— Aquela vadia. — Augusto se irrita. — Ela pensa isto de mim? — Ele dá um longo gole na sua bebida e limpa a boca com a mão. — Ela se faz parecer tão doce na minha frente, tão educada... Se eu não te conhecesse a tantos anos até acharia que algumas das suas histórias são exageradas.

— Mas não são. — Vicente começa a comer tranquilamente. — Eu sempre te disse que aquela mulher era o demônio.

— Sim, mas com você não comigo. Nunca achei que ela diria tudo isso de mim.

— Isto porque eu não contei nem a metade.

O amigo se aproxima. — Me fala... Vai... Pode falar tudo.

— Ela vive me perguntando se eu o ajudo com seu aluguel e quando falo que não precisa porque você trabalha ela ri e diz que estou mentindo que você é vagabundo de mais para trabalhar. — Vendo o amigo irritado, Vicente joga mais lenha na fogueira. — Ela disse que eu deveria parar de andar com você, antes que você me peça abrigo, que a Laura te deixou tarde demais por que você a fez perder metade da vida... — Ele hesita um pouco, mas continua. — E disse que foi bom o Junior ter ido morar com ela porque se crescesse com você ia se tornar outro marginal daqueles que batem, carteira na praça.

Augusto fica com a cara vermelha e a respiração pesada. — Ela fala mal até do meu casamento?

— Sim, ela faz umas encenações imitando você bêbado e pedindo dinheiro para a Laura, mas eu não sei fazer igual. — Ele faz uma cara te tonto e fala como se fingisse ter enchido a cara de bebida. — "Me dá... dá uns trocados..." — Ele começa a rir. — Eu não sei... Eu não sei imitá-la... Eu não sei bem como ela faz... Mas fica bem engraçado.

Augusto fica um momento em silêncio, depois olha diretamente para Vicente. — Eu quero ir com você ver o corpo!

9

Dois homens, mau trapilhos atravessam a rua, o andar cheio de gingado e as más intenções estampadas em seus rostos.

O mais gordo de boina e paletó azul, segura um palito de dente na boca. O outro meio corcunda, penteia os cabelos comprido que só saem das laterais da cabeça enquanto o topo é totalmente careca.

— É esta casa? — Pergunta o corcunda antes de guardar o pente no bolso da jaqueta de couro.

— Sim, meu amigo. — Diz Marcel. — É aqui que estão os 5000 mangos que vão nos tirar da merda.

— Então vamos logo lá matar está velha e pegar o dinheiro.

— Essa velha caiu do céu meu parceiro.

Constantino sorri. — Não Marcel... é para lá que ela vai hoje. — Os dois seguem para a casa de Francesca dando risada.

A dona de casa arruma alguns objetos em um armário e resmunga da preguiça do marido, ela guarda as coisas fazendo bastante barulho enquanto come um pãozinho doce que acabou de fazer.

Alguém toca a campainha e ela para o que está fazendo para ir atender, quando abre a porta vê duas figuras bem sinistras, dois homens que mais parecem personagens de desenho animado. Ela disfarça sua primeira impressão e tenta ser educada. — Pois não? Posso ajudá-los?

Marcel toma a frente com a fala mansa. — Bom dia minha jovem. — Cheio de charme e simpatia ele pega a mão da mulher e a beija. — Você deve ser a senhora Francesca.

A velha parece um pouco confusa, mas confirma. Marcel então tira a boina e se apresenta. — Ahhh. Que falta de educação a minha. Eu sou Marcel e este é meu amigo Constantino. Nós somos amigos do seu marido Victor.

— Vicente. — Corrige Francesca.

— Sim, Vicente claro. Ele a propósito não havia me dito que havia se casado com um anjo. É claro que digo isto com todo respeito.

A mulher fica com a bochechas vermelhas e abre um sorrisinho. Ela ajeita ou tenta ajeitar os cabelos ainda com bobs. — E o que posso fazer por vocês?

— Minha cara senhora, o seu marido nos mandou aqui para que pudéssemos ajudar com um tal sofá velho, ele pediu que viéssemos até aqui para jogar essa velharia fora.

Francesca se anima por finalmente ver aquele velho trambolho que empaca o seu quintal sumir de vez da sua vida. — Entrem por favor. — Ela os manda entrar e fecha a porta logo atrás deles.

Constantino imediatamente começa a analisar a casa, medindo cada centímetro com os olhos. Ele anda até o corredor espia em todas as direções. — O seu quarto é aquele?

— Sim, mas o sofá está lá — Ela aponta na outra direção. — No quintal. Ele está todo molhado e sujo, espero que a água não o tenha deixado muito pesado.

— Não se preocupe senhora, nós estamos acostumados a carregar peso e não vai ser incomodo nenhum. — Os dois homens caminham até o quintal aonde o velho sofá está e então Marcel se vira para Francesca. — Nós só vamos pensar por um minuto como vamos fazer para tirá-lo daqui.

— Não é só ergue-lo e sair andando? — Responde à velha.

— A senhora estava fazendo alguns pães. Eu vi quando entrei... Pode ficar tranquila e cuidar deles para que não queimem, enquanto isso nós resolvemos o que vamos fazer, mas garanto que seremos o mais rápido possível. — Assim que a velha se vira para voltar a cozinha os dois homens se aproximam um do outro.

— E então, como vai ser? — Pergunta Constantino.

— Vamos fazer assim, eu pego um pano e ponho no rosto dela para que ela não grite, você vem por trás e a acerta na cabeça. Ela é velha aposto que com uma pancada agente apaga a baranga.

— E eu acerto ela com o que? — Constantino procura em volta e não acha nada de muito útil, mas Marcel aponta para a casa, e quando ele olha para dentro vê a velha cozinha e percebe que ela abre a massa do pão com um rolo de madeira.

— Ali, aquele rolo... Assim que eu tapar a boca dela com o pano, você arranca o rolo da sua mão e acerta a sua cabeça em cheio.

Constantino sorri gostando da ideia, então os dois partem para dentro da casa novamente.

10

O turno da distribuidora já está quase no fim, Vicente olha o relógio ansioso, ele não vê a hora de poder correr até em casa se certificar de que o seu plano maligno funcionou.

Quando finalmente o apito soa liberando os funcionários do serviço ele corre até o vestiário e começa a trocar de roupa, Augusto se aproxima e se senta ao seu lado.

— Então, será que já foi feito?

— Sim... Acho que sim. Eles me disseram que iam chegar lá alguns minutos antes de eu sair do trabalho, então acredito que já acabou. — Ele se olha no reflexo do espelho do vestiário. — Eu finalmente estou livre daquela praga.

— Eu posso ir como você?

— Claro, vai ser bom ter alguém comigo quando eu a encontrar.

Os dois amigos andam tranquilamente pela rua em direção a casa de Vicente. A noite já está caindo e as luzes da cidade começam a se acender; Como toda sexta à noite, esta também está bem agitada cheia de gente passeando e se divertindo.

— É uma pena que nós vamos perder a sexta-feira, justamente hoje que você tem tanto a comemorar. Você vai ter que fazer papel de coitado tristonho hahaha.

— Tudo bem, no fim vai valer a pena. Vou perder o fim de semana, mas vou ganhar o resto da vida de liberdade. — Os dois continuam seu caminho sorrindo e alegres.

Após mais alguns minutos de caminhada eles já estão quase chegando na casa de Vicente.

— Espera um pouco me explica isso aí de novo. Diz Augusto. — Eles entraram, mataram a Francesca, fingiram um roubo e pegaram os 5 mil que você tinha guardado... Mas se eles levaram o dinheiro não é um roubo de verdade?

— Eu não sei Augusto, isso não importa. O que importa é que eles precisavam bagunçar a casa para parecer um roubo do dia a dia, eles não podiam saber onde o dinheiro estava, por isso eles tinham que mexer em tudo e quebrar algumas coisas.

— E você está realmente preparado para chegar lá e se deparar com ela morta?

— Preparado? Eu não vejo a hora!

Eles viram a esquina de onde é possível ver a casa onde Francesca passou boa parte da vida e agora descansa na eternidade, Vicente respira fundo como se tentasse entrar em um personagem ou fosse pular de paraquedas pela primeira vez, ele inspira com força e mexe os ombros tentando relaxar a musculatura.

— Você disse que eles iriam deixar as luzes acessas ou apagadas?

— Mandei eles deixarem acessas e as portas abertas, quanto mais a casa chamar a atenção depois que eles saiam melhor. Se alguém desconfiar ou encontrar o corpo antes de mim eu vou ter um álibi maravilhoso.

Augusto indica que as luzes da cozinha estão acessas e a janela que dá bem de frente para a rua se encontra completamente escancarada.

Eles param a alguns metros da casa perto de um muro para espiar e Vicente esfrega as mãos. — É agora! — Ele cerra os dentes num misto de ansiedade e tensão. — Vamos lá.

O velho mal da dois passos e Augusto o puxa pelo ombro o empurrando de volta para perto do muro. Ele se abaixa e faz com que o amigo o acompanhe. — Olha lá. — Ele cochicha e aponta para a janela.

Quando Vicente olha para dentro da cozinha enxerga uma figura alta de jaqueta de couro sentado à mesa.

— Mas que diabos. Estes idiotas já deveriam ter ido embora.

— E agora, o que você vai fazer?

— Eu não sei. — Vicente anda de um lado para o outro tentando pensar em algo. — Eles não devem ter encontrado o dinheiro. São uns idiotas mesmo, eu expliquei exatamente onde estava. — Ele sai andando em direção a casa e o amigo o puxa novamente.

— Espere Vicente, o que você vai fazer?

— Eles estão me esperando porque não acharam o dinheiro. Eu tenho que ir até lá mostrar onde eu o escondi para que eles possam ir embora.

— E se alguém o vir?

— Eu não posso deixá-los lá esperando quanto mais tempo passar pior vai ser. Eu preciso ir até lá. — Ele manda o amigo se esconder. — Eu vou avisar onde o dinheiro está e volta aqui, eles saem e nós esperamos uns minutos e depois entramos e vai ficar tudo bem.

O velho sai agachado tentando se disfarçar e chega até a parede da casa. Primeiro ele olha em volta e se certifica de que ninguém o viu em seguida ele se debruça no parapeito da janela e olha para dentro da cozinha.

O cômodo não está bagunçado, não tem nada quebrado ou fora do lugar. O rádio sobre a pia está ligado em uma estação de músicas suaves tocando em um volume agradável, o cheiro de massa se espalha pelo ar.

Vicente se depara com Marcel e Constantino sentados à mesa conversando e tomando café. Um pouco mais adiante de costas para ele curvada para frente, Francesca tirando uma bandeja de pães quentinhos do forno.

— Vocês vão adorar estes. Eles têm canela.

Quando Marcel percebe o velho espiando pela janela ele fica completamente desajeitado. O malandro começa a gaguejar segurando um pedaço de pão na mão e a fazer sinais para Vicente, mas o velho não entende nenhum.

Vicente — Fala Constantino.

Francesca ameaça a se virar — Ele chegou? — Mas o homem cabeludo se levanta e a impedi.

— Não ainda não. Isto mesmo que eu ia perguntar... E o Vicente, ele já não deveria estar aqui?

Marcel também se levante e fica na frente de Vicente para que a velha não consiga vê-lo. — Você não disse que queria ir até o banheiro Constantino? Pergunte a nossa querida anfitriã se ela pode lhe mostrar onde fica.

— Ele fica ali. — Ela aponta para um banheiro bem visível a todos poucos metros pelo corredor.

— Ah, mas eu já não tenho mais a mesma memória. — Diz Constantino — A senhora pode me levar até lá, já pensou se eu me perco e entro na porta errada?

Francesca olha do homem para o banheiro e de volta para o homem, mas concorda apesar de achar estranho. — Tudo bem vamos lá.

Assim que eles saem Marcel pula na direção da janela. — Meu deus homem o que você está fazendo aqui?

— O que eu estou fazendo aqui? — Vicente puxa Marcel pelo colarinho. — Você sabe que horas são? Ela já deveria estar morta... O que diabos vocês estão esperando?

— É que sua senhora é muito receptiva e cozinha muito bem... Acho que nós perdemos a noção do tempo experimentando as guloseimas dela. — Ele solta um sorriso amarelo acanhado. — Mas não se preocupe, o plano ainda está de pé. — Ele vai até à mesa, pega o rolo de massa e mostra para Vicente. — Volte daqui uns quinze minutos, eu vou acertar a cabeça dela com isso e tudo vai sair como combinado.

— É melhor que sim. Não demorem eu não posso ficar esperando na esquina a noite toda.

Marcel vê a velha voltando e empurra Vicente. — Vai, ela está voltando. Me dê quinze minutos!

11

Francesca volta para a cozinha papeando sobre massas de bolo, ela diz que se eles gostaram dos pães que ela fez é porque não viram o bolo de mandioca que ela serve para os amigos quando recebe visitas.

— É de lamber os beiços. Vocês precisam voltar outro dia para que eu possa fazer para vocês. — Ela olha o relógio de parede. — O Vicente está demorando tanto hoje, sabia que aquele inútil ia acabar enroscando em algum boteco da vida com o imprestável do amigo.

Ela abre o forno e coloca mais uma bandeja para assar. — Estes são os últimos, se aquele velho idiota não chegar logo não vai sobrar nada e eu que não vou guardar para ele, quem mandou não estar em casa.

Constantino também volta de sua suposta ida ao banheiro. Quando entra na cozinha ele e Marcel trocam olhares, o homem de boina mostra o rolo de massa e acena em direção a Francesca.

Constantino acena positivamente com a cabeça, ele então dá a volta na mesa e chama Francesca para que ela fique completamente de costas para Marcel.

— Senhora, acho que está na hora de jogar o lixo fora! — Diz Constantino.

— O sofá claro, já havia até me esquecido.

Marcel se aproxima da velha com o rolo em uma mão e um pedaço de pão na outra, ele olha o pão, dá de ombros e enfia o pedaço todo na boca. Com o rolo erguido sobre a cabeça ele chega bem perto e está prestes a dar o golpe em Francesca quando um bolo de massa entala na sua garganta, Marcel tenta engolir, mas não consegue, tenta cuspir, mas também não funciona, ele começa a tossir desesperado e solta o rolo no chão.

Ao ver o amigo em pânico segurando a garganta e ficando completamente roxo, Constantino sai correndo em sua direção, mas no desespero pisa no rolo de massa torce o pé e se desequilibra batendo a cabeça na quina da mesa. Ele bate no chão como se fosse uma fruta madura caindo imóvel e estabacado.

Francesca sem saber o que fazer, observa parada toda a confusão, Marcel corre até a pia para tentar pegar um copo de água, ele chega a encher uma caneca, mas se vira para a velha atônita e desaba apagado fazendo outro estrondo quando cai.

— Isso, isso, isso. Eles fizeram. — Vicente comemora do lado de fora acreditando que todo aquele barulho só pode ser dos homens bagunçando a casa depois de matar Francesca, mas alguns minutos se passam e ele estranha o silêncio.

— Só isso? Eles não fizeram muita bagunça. — Diz Augusto. — Será que eles acharam o dinheiro e se mandaram?

— Eu não sei, eu vou até lá verificar. Você fica aqui e continua escondido, eu vou dar uma olhada no que está acontecendo.

O velho sai sorrateiramente se escondendo nos cantos em direção a casa outra vez.

Ele chega até a janela, e sobe lentamente tentando ser discreto. Quando ele enfia a cabeça para dentro para poder ver, dá de cara com Francesca.

Depois de um grito mútuo de susto, a velha o chama para dentro de casa enquanto segura o telefone. — O que você está fazendo aí fora Vicente? Entre já aqui eu preciso de ajuda.

Vicente corre em volta da casa e entra nela. Quando chega na cozinha vê os dois homens estirados no chão. A velha o encara com uma expressão de raiva e ele se pergunta se ela sabia do plano. Será que ela apagou a dupla se defendendo?

— Vicente seu miserável, eu sabia...

— Você está me traindo mulher? — Sem saber o que dizer ele tenta a primeira besteira que passa pela cabeça em uma tentativa desesperada de se defender. — Eu chego do trabalho e pego você em casa com outros homens e você ainda tem a cara de pau de me acusar.

— Te acusar do que idiota, eles não são seus amigos.

— Eu não conheço estes homens.

— Como não, você não pediu para que eles viessem jogar fora o sofá.

— Sim... Eu quero dizer que eu não os conheço assim tão bem para chamá-los de amigos... Estão mais para colegas... ou até mesmo conhecidos, mas amigos é um pouco forte...

— Não me venha mudando de assunto sua besta. — Ela puxa ele pela orelha. — Eu sabia... eu sabia que você ia se enfiar em um bar ao invés de vir para casa. Se você tivesse chegado no horário que um homem descente chega isto não teria acontecido.

— E o que aconteceu?

— Eles caíram, acho que este aí... — Ela aponta Constantino. — ... Tropeçou no rolo de macarrão.

Ela não sabe do plano de assassinato, isto é, um alívio para Vicente, mas ele ainda tem um problema, será que os homens já pegaram o dinheiro combinado pelo serviço?

Ele pergunta para quem ela está ligando.

— Para a polícia, seu bêbado, para onde mais seria. — Ela passa o telefone para ele. — Vou verificar se eles estão respirando, a emergência não atendeu ainda, uma mensagem me mandou aguardar na linha.

Francesca vira o corpo de Marcel de barriga para cima e encosta o ouvido no seu peito depois olha a cabeça de Constantino. — Aquele parece engasgado e este aqui está sangrando bastante, estão vivos, mas se não chegarem aqui bem rápido eles vão bater as botas.

O telefonema é finalmente atendido e uma mulher pergunta qual a emergência, mas a mente de Vicente começa a matutar. Se os homens não pegaram o dinheiro eles poderiam ficar irritados e passar a ameaçá-lo em troca de não revelarem o seu plano obscuro?

— Alô, Alô... Qual a emergência? — Insiste a atendente.

Vicente pensa um pouco, ele sabe que aqueles malandros não são confiáveis e poderiam muito bem chantageá-lo, por outro lado, se ele deixar a natureza seguir seu curso e fingir que nada aconteceu, mesmo que a polícia encontre o dinheiro com os corpos não teriam nada contra ele, assim sendo o velho toma uma decisão, esperar que os dois morram antes de avisar alguém, tudo volta a ser como antes como se nada tivesse acontecido.

— Está droga está muda. — Diz o velho.

Francesca pega o telefone da sua mão. — Como assim eu acabei de discar.

— O fio está com defeito mulher... — Enquanto a velha tenta levar o fone ao ouvido, Vicente puxa o fio e o arranca fora. — Aqui está o problema... Sabia que este fio ia acabar soltando qualquer hora destas.

— Tudo bem, você vai ter que ir até o telefone público do outro lado da rua. — Manda Francesca.

Droga pensa Vicente, ele precisa dar um jeito de enrolar Francesca até que os dois homens não tenham mais salvação.

— Será que é uma boa ideia chamar a polícia aqui.

— E porque não seria? — Pergunta a Velha.

— Bom eles estão morrendo na sua cozinha, aquele ali engasgado com a sua comida, a polícia pode achar que você fez tudo isto de propósito já pensou nesta possibilidade?

— Isto é ridículo Vicente. — Francesca ri da cara do marido. — Vá logo pedir ajuda, vou ver se consigo fazer alguma coisa por estes dois pobres miseráveis.

12

Parado em frete ao telefone público, Vicente coça a cabeça e pensa, mesmo que alguém encontrem o dinheiro ele ainda poderia dizer que foram roubados, afinal como disse a Francesca, mal os conhecia, só pagou para que jogassem o sofá fora e nem mesmo estava em casa quando tudo aconteceu... Se eles não puderem falar para dar uma outra versão ele não teria problemas.

Enquanto pensa um berro chama sua atenção. É Francesca gritando pela janela da sala. — Vamos homem, ligue para a emergência.

— Eu já liguei mulher. — Grita ele irritado, em seguida pega o telefone que ainda estava no gancho. — Viu — Ele chacoalha o telefone no ar. — Estou esperando atenderem.

— Mas você ainda não discou. — Fala de repente ao seu lado, Amelia, dando-lhe um baita susto.

A velha de rosto enrugado é uma velha amiga e vizinha de Francesca que sempre usa um perfume forte e doce que empesteia o ambiente, é uma grande surpresa que Vicente não percebeu sua chegada com todo aquele cheiro no ar.

— Viu, está dando linha... — Ela aponta a luz de linha no painel do telefone. — Você ainda não ligou para ninguém.

— Muito obrigado Amelia... Mas eu sei o que estou fazendo.

A vizinha começa a gritar no meio da rua para Francesca perguntando para onde estão ligando e porque não usam o telefone de casa, dá janela Francesca grita de volta falando dos dois homens caídos na sua cozinha, depois ela manda Vicente ser mais rápido e volta para dentro de casa.

O velho segura o telefone por alguns segundo, ele olha para trás e Amelia continua parada olhando para sua cara.

— Você não quer ir até lá. A Francesca pode estar precisando de alguma coisa...

— Sim, eu vou. — Mas a velha continua parada lhe encarando.

Vicente ameaça discar um número, mas para e olha para trás novamente esperando Amelia fazer alguma coisa, só que a velha continua parada imóvel. Ele faz mais uma ameaça e olha para a vizinha outra vez.
— Você vai ficar me esperando?

— Claro, eu sou sua amiga... Estou aqui para o que vocês precisarem.

O velho hesita mais um pouco, mas percebe que não vai ter escapatória e terá que chamar a emergência. Ele só espera que demorem tempo o suficiente para que os dois malandros não sobrevivam.

Ele disca o número. — Oi. Eu tenho uma emergência... — Ele olha para Amelia ainda o fitando. — Quero dizer, isto é uma emergência pelo amor de deus. É a terceira vez que ligo para vocês, a ligação acabou de cair... Isto é um desrespeito.

A pessoa do telefone faz o atendimento e Vicente fala sobre os dois homens precisando de ajuda, ele explica sobre o que aconteceu e no fim após agradecer, pede para que sejam rápidos. Quando está quase desligando, Amelia pula sobre ele e pega o telefone.

— O endereço. — Grita ela. — Você não passou o endereço.

A velha explica como chegar na casa e depois sorri par Vicente. — Viu, ainda bem que fiquei aqui para ajudá-lo. Em uma hora como essa ficamos assustados e nem prestamos atenção no que estamos fazemos.

— Verdade. — Concorda o velho. — Eu estou traumatizado. — Ele pisca continuamente, mas não de medo ou susto e sim de raiva.

13

No chão da cozinha, Francesca está debruçada sobre Marcel balançando uma folha de papel contra o seu rosto acreditando que um pouco de ar poderia ajudá-lo de alguma maneira; O velho se aproxima e ela pede que ele continue porque seu braço já está cansado.

Vicente se agacha do lado de Marcel e começa a balançar a folha lentamente de um lado para o outro e do nada depois de uma tosse seca o malandro abre os olhos, cospe um pedaço grande de pão babado que voa pelo ar e se senta.

Francesca grita que ele está vivo e corre pegar água.

Marcel ainda engasgado e com dificuldade de respirar, puxa Vicente pelo braço, ele vai em direção ao velho até que fiquem bem próximos. — Me ajude... Por favor, me ajude... Esquece o dinheiro só me ajude...

Antes que Francesca escute, Vicente pega um bolinho na mesa e soca na boca de Marcel, ele luta para tentar impedir, mas o velho vai enfiando tudo na goela do malandro.

— Mas o que você está fazendo? — Grita A velha. — Você ficou maluco de vez? Pare já com isso ele está engasgado homem...

— Não, ele está com fome.

— Oque?

— Ele está fraco e ficou muito tempo sem respirar. Precisa comer alguma coisa.

Vicente pega mais um bolinho e também o enfia boca adentro, mas em um movimento inesperado, Francesca sem aviso dá um soco contra a barriga de Marcel e arranca tudo que o entupia fora. — Tome. — Em seguida ela dá o copo de água para Marcel que o toma todo de uma vez.

— Hã... Deveríamos ter feito isto antes! — Afirma a velha. — Viu só sua besta quadrada, você não presta para nada mesmo... Se não fosse eu para tomar uma atitude você deixaria este pobre diabo morrer sem fazer nada e no final ainda não resolveu o problema do sofá. — O nariz de Francesca começa a assoviar enquanto fala.

— Não é possível mulher, até neste momento você vai me encher com este bendito móvel?

— Você trouxe o devagar quase parando aqui... — Ele acena para Marcel — ... para ajudar e agora olha só toda está bagunça e o sofá continua lá parado esperando alguém jogar ele fora. — O som do nariz fica mais intenso e os dois homens se olham.

— Isto realmente é irritante. — Fala Marcel sem que a velha entenda, mas o malandro continua falando ao ver o amigo caído sem dar tempo para explicações. — Meu deus... Constantino... O que aconteceu com ele?

— Calma ele caiu e bateu a cabeça, mas nós já chamamos a polícia para ajudá-lo.

O homem faz uma cara de preocupado e meio sem jeito pede que alguém pegue sua boina que está no chão perto dali. Ele coloca a boina na cabeça e olha para Vicente.

— Vocês pediram ajuda foi?... E eles já chegaram?...

— Não, acabamos de chamar. Tivemos um problema com o telefone, tive que ligar da rua.

— Entendo... É que a polícia já... socorreu eu e o Constantino antes, por um acidente ou outro. — Ele pisca para o velho. — E acho que não seria bom incomodá-los com mais um... dos nossos acidentes...

— Acidente... São imprestáveis isso sim. — Resmunga Francesca baixinho de canto de boca.

Vicente manda que a velha se cale e ajuda Marcel a se levantar. Ele explica que o outro homem perdeu bastante sangue quando bateu a cabeça e que está desacordado, mas que não se preocupe, pois ele está vivo. Depois ele acompanha o malandro cambaleante até o banheiro onde o outro entra e fecha a porta.

O plano de matar Francesca não funcionou, o de acobertar a tentativa de assassinato deixando os dois malandros morrerem também não então uma nova ideia passa pela cabeça do velho, uma mudança completa de direção. Com Marcel sentindo-se bem, se ao contrário de deixar Constantino morrer, Vicente conseguir acordá-lo, ele pode mandar os dois embora antes que o socorro chegue. Primeiro a ideia lhe parece uma ótima oportunidade de não ter que dar explicações para a polícia, mas depois algo mais interessante brota em sua mente, um pensamento que o faz soltar um sorriso maldoso. Os dois poderiam voltar no dia seguinte e terminar o que haviam combinado.

<h1 style="text-align:center">14</h1>

Correndo como um foguete, Vicente volta até onde Constantino segue caído, ele traz consigo um monte de toalhas e uma bacia de água gelada. Caído de joelho ele começa a limpar o sangue da cabeça do outro homem e depois joga toda a água da bacia em seu rosto.

— Anda mulher faça alguma coisa...

— Calma Vicente o socorro já está vindo, esperamos até agora mais uns minutos não vão fazer diferença.

— Não seja do mal mulher! Se comporte como uma cidadã descente e ajude o próximo. — Ele se levante e começa a revirar os armários. — Como se chama aquela coisa que as pessoas dão para as outras cheirarem em filmes?

— Do que você está falando?

— Você sabe, nos filmes quando alguém está desacordado, sempre aparece alguém com um líquido e quando o desmaiado o cheira ele desperta... Como se chama aquilo?... Nós temos isto em casa?

Francesca está completamente perdida. — Eu sei lá de que diabrura você está falando.

O velho volta para Constantino e o agarra pelos ombros, depois começa a chacoalhá-lo. — Acorde! — Grita ele.

Na porta logo atrás de Vicente uma figura magricela anda lentamente pelas sombras se aproximando totalmente desapercebida. Quando chega bem perto do velho debruçado sobre um corpo ele se manifesta.

— Caramba, você se livrou mesmo da velha!?

— Se livrou do que Augusto? — Pergunta Francesca do outro lado do comodo fazendo o magrelo dar um pulo no ar. — Este é o homem que o imprestável do Vicente trouxe para jogar o nosso antigo sofá fora. Aliás, o que você está fazendo aqui?

— Cacetadas... você está aí... e está viva... — Ele olha de Constantino para Francesca e de volta para o malandro desmaiado. — Ah meu deus é o homem do porto... — Ele segura a boca com a mão. — Quero dizer... é um homem claro... Isto é evidente... É o homem do sofá... Sim... Sim... Isto mesmo que eu queria saber, se você tinha se livrado do sofá velho... quem falou em velha? Eu quero saber do sofá velho, o Vicente me falou tudo sobre o sofá...

Vicente manda os dois pararem de conversa e pede que eles o ajudem a colocar Constantino sentado em uma das cadeiras. Surpreendentemente o magrelo deve ter ossos grandes, pois ele é bem pesado, mas com esforço eles conseguem.

— E você, faz o que aqui Augusto? — Pergunta Vicente.

— Eu não aguentava mais esperar naquele beco. — Cochicha o amigo. — Eu não sabia se estava tudo bem, ouvi barulhos e vi você saindo e entrando, achei melhor vir. Você está bem, o que houve?

— Tudo deu errado e agora a polícia está vindo para cá. Preciso que estes dois idiotas saim antes que eles cheguem.

— Porquê?

— Eles são procurados, mas depois te explico melhor, agora me ajude acordá-lo.

Eles chacoalham Constantino, Vicente grita e joga mais água em sua cabeça, mas ele continua com a cabeça pendurada. Os homens se entreolham, Vicente pensando acelerado e visivelmente preocupado então Augusto solta um baita de um tabefe na cara do malandro.

— Pare Augusto. Ele já está com a cabeça machucada, bater mais nele não vai adiantar em nada.

— Ahhh. — Solta Constantino que se levanta com os olhos arregalados. Ele ergue os braços e solta um longo grito enquanto olha cada um nos olhos, em seguida ele cai sentado novamente.

— Minha nossa senhora... O que em nome de deus está acontecendo aqui? — Amelia entra falando alto e logo atrás dela vem Marcel com a cara inchada explicando que já está bem melhor e assim que vê Constantino acordado ele se aproxima e os dois trocam algumas palavras em voz baixa.

Augusto começa a falar sobre a pressa do amigo e a perguntar se ela passou, Amelia que também faz perguntas sobre o que aconteceu diz que o velho deveria reclamar da demora da emergência e Marcel o puxa pedindo para que tenham um minuto em particular com ele.

— Ahhhh... Calem a boca. — Grita Vicente irritado. — Calem a boca... Por favor... Isto aqui parece uma feira.

Todos se assustam e ficam calados. Francesca até ameaça fazer uma das suas críticas, mas ele a interrompe.

— Agora não Francesca. Fiquem todos quietos e prestem atenção em mim. — Ele aponta para Amelia. — Você pode esperar a polícia lá fora para mim?

— Esperar? Faz quanto tempo que você os chamou? — Ela vai até o canto e apanha o telefone. — Você precisa reclamar com eles. Acredite em mim, eles não dão atenção para os bairros mais pobres, você precisa ficar em cima deles.

— Amelia o telefone está quebrado. — Diz Francesca.

A vizinha conecta um fio solto e diz que só estava desencaixado. Com raiva, mas todo desengonçado, Vicente puxa o telefone de sua mão e bate ele contra a pia espatifando o aparelho.

— Agora está quebrado. — Ele fala alto. — Será que você pode esperar o socorro lá fora por favor? — Ele puxa Augusto. — Você também, vá com ela e quando chegarem, pode recebe-los por mim.

— Pode deixar. — Augusto sai empurrando Amelia porta afora. — Eu vou recebê-los e vou trazê-los aqui o mais rápido possível. — Ele pisca para Vicente enquanto fala.

15

O velho diz que agora pode falar com Marcel, eles se juntam e se abaixam em torno de Constantino ainda meio grogue fazendo uma rodinha como se fossem crianças combinando uma pegadinha.

— Vocês precisam ir embora agora. Eu chamei as autoridades e eles não podem encontrar vocês aqui de jeito nenhum.

— Não, não... Nós não vamos embora... — Interrompe Constantino. — ... temos que terminar o serviço.

— O que? — Vicente se espanta. — Você me ouviu? — Ele vira para Marcel. — Ele deve estar tonto ou delirando, pegue seu amigo e saiam rápido antes que a gente se meta em uma confusão de verdade.

Marcel ainda um pouco ofegante respira fundo, cruza os dedos e os estrala esticando os braços. — Ele tem razão. — Diz com a voz voltando a ficar rouca e arrastada. — Constantino tem razão. Temos 5 mil pilas nos esperando no quarto. Vamos terminar o que começamos.

— Vocês ficaram aqui a tarde toda comendo bolinhos e bebendo chá e não fizeram nada, agora que a porcaria da polícia está vindo vocês querem matar ela?

— Você me disse a alguns minutos que havia acabado de ligar para a emergência. Sua vizinha tem razão, eles não dão atenção aos bairros mais pobres.

— Acredite na gente, já roubamos casas por aqui e você não acreditaria no tempo que nós ainda temos... — Ri Constantino segurando a cabeça que ainda dói.

Vicente percebe Francesca observando tudo curiosa sem entender o que acontece, ele pede então que ela pegue algumas peças de roupa velha para que ele ajude os homens a jogar o velho sofá fora.

— Estes imprestáveis só fizeram bagunça e me empataram a tarde toda e você ainda vai ter que ajudá-los? Você conseguiu encontrar alguém mais devagar do que você — Francesa rindo ironicamente levanta a voz e o nariz também assobia alto. — É melhor vocês começarem a se mexer por que eu avisei que queria aquela porcaria fora de casa antes de anoitecer e olha só que horas são.

— Vai com calma minha senhora, a gente veio aqui ajudar e não ouvir sermão... E que pocaria de assobio é este? — Pergunta Constantino procurando de onde vem o barulho.

— Este é meu detector de vagabundos. Espero que você não esteja pagando por isto Vicente! — A velha sai reclamando para buscar as roupas que o marido pediu.

— Tudo bem... — Vicente começa a falar apresado. — Voltem outro dia, eu dou um jeito no sofá e vocês podem fazer o que iam...

— Sofá? — Constantino se levanta. — Você acha mesmo que eu dou a mínima para os seus moveis ou para os problemas conjugais de vocês? Eu quero saber da bufunfa, da grana, do dinheiro!

— O dinheiro vai continuar no mesmo lugar, não dá para matá-la comigo em casa, vocês terão que voltar amanhã ou outro dia para terminar oque começamos.

— Vic, amigão. — Marcel abre os braços. — Nós somos profissionais e eu já pensei nisso. A gente vai ter que bater um pouquinho em você também para que ninguém desconfiem.

— Nós machucamos um pouco você, quebramos a cabeça da sua mulher... — Segue Constantino. — ... e saímos pelos fundos. Quando o seu amigo entrar com a ajuda, você vai estar machucado e vai dizer que nós decidimos te roubar, quando tentaram nos impedir atacamos vocês e ela levou a pior.

— Não isto não vai dar certo, é melhor vocês voltarem outro dia... Ou quem sabe vocês podem se esconder e eu falo que já foram embora, assim que eles saírem vocês terminam o trabalho... Eu me oferecer para ir com eles explicar tudo que aconteceu e assim vou ter um álibi.

— De jeito nenhum eu fico no mesmo lugar que os canas. — Diz Constantino. — E se eles nos encontram? Eu não volto para a prisão por nada, prefiro morrer.

— Vocês já foram presos. — Vicente pergunta mesmo sendo obvio que o estilo de vida dos dois malandros já os presenteou com várias visitas a cadeias e presídios. — Imagino como deve ser ruim... Super lotação, interrogatórios, trabalho forçado...

— Shampoo comum. — Constantino arregalá os olhos como se falasse de um fantasma ou um monstro. — Eles não têm shampoo com extrato de café verde ou mesmo um com extrato de bambu. As pessoas acham que o meu cabelo ficou assim da noite para o dia, são precisos anos de cuidados.

— Shampoo? — Pergunta Marcel. — E isto que o incomoda? E os lençóis? Aqueles panos velhos me dão alergia

— Piores são os sabonetes. — Os dois começam a papiar descontraídos.

— Verdade. — Marcel sorri. — Dá última vez eles tinham um sabonete que deixava minhas costas cheias de berebas e toda vermelha.

Vicente balança os braços irritado. — Do que vocês estão falando? Podemos manter o foco?

Meio sem graça, o bandido magrelo explica que eles precisam fazer aquilo naquele dia, é pegar ou largar, não podem correr o risco de se esconder ou voltar em outro momento.

O velho pensa por um segundo até que Marcel abre os braços o olhando fixamente. — Nós não temos muito tempo... O que vai ser?

16

Vicente rói as unhas e diz não ter certeza do que fazer enquanto o malandro coça a cabeça e ajeita a boina já ficando impaciente.

— Será que não conseguimos planejar algo melhor para outro dia? — insiste o velho.

— A gente não pode voltar outro dia. Temos compromissos em outra cidade...

— Chega desta baboseira. — Constantino com irritação na voz, passa pelos outro dois e pega o rolo de massa, ele olha o pedaço de madeira em sua mão e depois para a pia da cozinha, ele solta o rolo e vai até uma gaveta onde pega um martelo pesado de ferro de massagear carne. — Vamos acabar logo com isso droga!

— É melhor você esperar aqui. Eu prometo que vamos fazer isto da maneira mais rápida e tranquila possível. — Marcel sai atrás de Constantino.

De costas para a porta Francesca junta duas camisas velhas e uma toalha manchada, ela resmunga ainda muito irritada com a enrolação do marido e cansada de toda aquela situação.

Ao perceber alguém se aproximando ela se vira. — Estas roupas servem... Ah são vocês dois? — A velha estranha que eles estejam sozinhos, mas não dá tanta importância. — Cade o Vicente? Não vão me dizer que já tiraram o sofá de casa?... Vocês vão me surpreender sendo ágeis e eficientes agora? — Diz ela com ironia evidente na voz.

— Olha que saber? Eu não costumo levar para o pessoal, mas eu vou gostar de te dar uma lição!

A velha fica pasma e recua até ficar encurralada contra a parede ao ver o bandido puxar o martelo de dentro da jaqueta.

— O que é isso amigo? Estamos lidando com uma dama. — Marcel fica ao lado de Constantino e cerca Francesca no canto do quarto entre a cama e uma penteadeira. — A senhora cozinha muito bem... Seus pães vão fazer falta.

O malandro mal termina a frase e dispara em direção a Francesca segurando a velha pelo pescoço, ele grita para que Constantino acerte a cabeça dela, e ela grita pedindo a ajuda de Vicente.

— O seu marido não vai vir ajudá-la. — Debocha Constantino. — Ele está sentado bem quetinho na cozinha aguardando a gente terminar por aqui...

Francesca mesmo assustada e sendo segura consegue esticar o braço para pegar um vidro de perfume sobre a penteadeira, a velha passa o vidro por de baixo dos braços de Marcel, com umas das mãos ele aponta o bico do vidro para o rosto do homem e com a outra ela segura o borrifador.

O movimento de Francesca é lento, mas os dois malandros parecem ser pegos de surpresa e eles simplesmente ficam parados observando ela apertar o borrifador e o líquido espirrar por todo o rosto de Marcel.

Por um segundo ele só fecha o olho, mas logo em seguida solta um grito, larga a velha e sai correndo pelo quarto trombando com tudo que aparece em sua frente ao mesmo tempo que esfrega o rosto.

Constantino observa surpreso e quando se dá conta de que a velha continua parada no mesmo lugar ele solta um golpe com força em sua direção, mas Francesca consegue se abaixa e o martelo faz um buraco na parede onde fica preso. Ela sai correndo e ele tentar tirar o martelo do buraco, mas desiste depois de puxar três vezes e não conseguir.

Ambos passam correndo por Marcel que esfrega o primeiro pano que achou no rosto tentando limpá-lo.

No corredor Constantino logo alcança a velha e a segura pelos ombros, com um movimento agressivo ele joga a velha sentada no chão.

— Eu não queria que tivesse tanto sangue e sofrimento, mas foi você quem escolheu terminar deste jeito. — Constantino enfia a mão no bolço de trás da calça e puxa um canivete. A lamina se arma com um pulo para cima, não é muito grande, mas parece bem afiada.

Com os olhos arregalados e vermelhos o malandro chega mais perto e para aos pés de Francesca. – Está na hora de jogar o lixo fora hahaha. — As mãos do homem se erguem sobre sua cabeça com o canivete voltado para baixo.

Um barulho seco, vidro estilhaçado se espalha por todos os lados, um líquido escuro espirra nas paredes do corredor. Constantino olha centrado para Francesca e de repente cai, primeiro ajoelhado depois esparramado sobre ela.

— Você está bem? — Pergunta Vicente parado em pé com o que restou de uma garrafa de vinho na mão.

A velha responde que considerando a situação está bem, mas grita com o marido para que tire o homem de cima dela.

Eles conseguem com esforço fazer o corpo de Constantino, mais uma vez desapagado, rolar para o lado e a velha se levanta.

— Você realmente é devagar?! Estava esperando que ele me esfaqueasse para chegar aqui?

Na verdade, sim, pensa Vicente. O velho ficou na cozinha esperando o seu plano ser executado, mas passar um tempo sozinho em silêncio pode realizar grandes transformações em uma pessoa e de alguma forma suas entranhas se remexiam fazendo força para que ele saísse do lugar e fizesse alguma coisa. Quieto ali pensando no que estava acontecendo dentro do quarto o velho não pode simplesmente ficar parado enquanto dois estranhos gananciosos atacavam sua esposa e assim ele pegou a primeiro coisa pesada que encontrou e partiu para corrigir seu erro.

— E então? Onde você estava este tempo todo?

— Ahhh... Eu estava lá... Éhhh... Lá. — Vicente engasga com as palavras.

— Lá aonde, na cozinha e porque não veio me ajudar antes?

— Por quê?... Horas, porquê... Porque eles me amarraram...

— E como você se soltou?

O velho corre examinar Francesca para distrai-la. — Você está bem, eles te machucaram, fizeram alguma coisa?

— Não tudo bem. Eu estou bem, mas o que será que aconteceu aqui? — Pergunta a velha. — Por que afinal de contas eles me atacaram?

— Eles queriam nos roubar?

— Nos roubar, eles não vieram aqui porque você os mandou?

— Sim, mas como eu te disse antes, eu não os conheço muito bem. Eles trabalham perto da distribuidora e estão sempre por perto procurando mais um biscate, mas nunca tive oportunidade de conversar com eles.

— Nós não temos nada de valor, somos pobres só temos alguns trocados guardados, não entendo a motivação deles.

— Aposto que você ficou se gabando. — Vicente aponta o dedo para a esposa. — Você tem está mania de falar para os vizinhos que nós temos uma boa condição e que podemos pagar as coisas que eles não podem.

Os dois caminham para a sala discutindo e Vicente continua. — Eu falei para eles entrarem e saírem bem rápido... E sem mexer em nada e quando chego eles estavam comendo na nossa mesa, com certeza você ficou jogando papo fora e disse alguma coisa que despertou o interesse deles.

Um grito raivoso chama a atenção do casal que ao se virar vê do lado oposto do corredor, Marcel com os olhos irritados e coçando, ainda tossindo pelo perfume, com os punhos cerrados e a respiração intensa.

O malandro sai dando passos lentos e curtos em direção aos outros dois, com raiva ele vai batendo e derrubando cada vaso ou quadro por qual passa, seus movimentos lembram um touro se preparando para disparar em direção ao toureio.

Vicente se põe a frente da esposa e também fecha as mãos ficando em posição para uma briga. Atrás dele Francesca sai correndo.

— Olha só quem decidiu ser um bom marido afinal...

Marcel ainda em passos lentos e firmes desvia do corpo de Constantino sem dar qualquer atenção para o parceiro caído.

— Vá embora! Pegue seu amigo e saia daqui! Se quiser pode pegar o dinheiro também, mas nos deixe em paz.

— Ahh... Pode ter certeza que eu vou pegar o dinheiro, mas agora eu sou obrigado a matar vocês antes!

— Não precisa. — Vicente abre as mãos e as levanta para acalmar o outro homem. — Eu crio uma história qualquer e despisto as autoridades...

O malandro sorri ironicamente. — Você acha que é com isto que estou preocupado... Eu tenho que matar vocês porque você é um covarde mentiroso e sua mulher porque ela é mal-educada e muito irritante.

Francesca aparece correndo por trás do marido com o rolo de massa na mão. Ela grita em disparada na direção de Marcel, o malandro para de andar, arregala os olhos e também grita.

O velho observa tudo de longe, a mulher berrando e correndo, não muito rápido, na velocidade que ela segue o caminho até parece ficar mais longo; Do outro lado do corredor Marcel gritando de volta, não dá para notar se ele congelou de medo e por isso ficou parado, ou se ele achou que simplesmente gritar mais alto assustaria Francesca, mas no fim é somente isto que ele faz, gritar.

Assim que chega perto do malandro a velha o atinge com o rolo, mais surpreendente do que Marcel não fazer nada para se defender além de esbravejar é a força com que Francesca bate na sua cabeça.

O estrondo da pancada não é tão alto quanto o estrondo de Marcel caindo para trás duro e desmaiado no chão.

Francesca vira para o marido e acalma aos poucos a respiração. — Eu sei que isto é um pouco clichê... — Ela mostra o rolo de massa. — ... Mas admito que sempre quis saber como era bater com isto na cabeça de alguém. — Pena que não foi na sua pensa ela com um sorrisinho interno.

17

Os olhos de Marcel se abrem lentamente, sua visão primeiro embasada vai se ajustando aos poucos e bem na sua frente olhando direto para seu rosto um policial jovem cheio de sardas que se levanta assim que o vê acordar.

— Ele acordou! O chefe já chegou? — Outro homem de uniforme responde que sim com a cabeça enquanto escreve algumas anotações.

Pela casa, meia dúzia de outros policiais vasculham para lá e para cá, perguntam coisas a Vicente e Francesca e conversam entre si; Do seu lado com raiva e a cara fechada, mas cabisbaixo, Constantino e uma enfermeira que passa um algodão com algum tipo de remédio em sua cabeça e diz que aquilo vai fazer o sangramento parar, mas que no hospital darão pontos e limparão melhor o ferimento.

— O que eu perdi? — Pergunta Marcel assustado.

— A casa caiu amigo. — Constantino continua sentado com a cabeça baixa olhando para o chão. — Eles nos pegaram... nos pegaram de jeito.

O malandro olha para o outro lado da sala e vê Vicente abraçado com a esposa lhe confortando. O velho responde às perguntas de um investigador com tranquilidade, mas mantendo um ar de preocupação no rosto.

É então que a ficha de Marcel cai. — O desgraçado disse que nós invadimos e está tentando tirar o corpo fora... Ah, mas não mesmo, se nós vamos cair você vai junto seu velho safado!

O jovem guarda se senta novamente na frente de Marcel. Ele quase derruba a arma ao sentar e quando abaixa para segurá-la derruba o capacete. — Hehehe — Sorri ele tímido. — Eu sou novo neste trabalho...

Vocês vão ter que responder algumas perguntas, o oficial acabou de chegar, ele e o investigador que está falando com as vítimas vão conversar com vocês.

— Vítimas? Não garoto, ele não é uma vítima ele está nisso junto comigo...

O jovem coloca o capacete na cabeça e ponta para o casal. — Eles são as vítimas e não este aí. — Agora ele acena para Constantino.

— Eu sei de quem você está falando seu tapado! Mas é quele velho mesmo que é meu cúmplice... Na verdade, tudo isto foi ideia dele.

— Assim que o oficial chegar aqui você explica tudo para ele. — O jovem se levanta e chama pelo chefe.

— Você tem que entender isto garoto, ele é o cabeça do plano, ele nos pagou para matar a esposa.

— O oficial já está aqui e vai ouvir sua versão assim que puder. É só aguardar um pouco.

Com alguns sinais e caretas, o malandro tentar chamar Vicente, mas o velho finge que não viu e se vira ficando quase de costas. — A seu maldito, eu vou acabar com você.

Ele assobia para chamar a tenção do jovem policial. — Mexe essa bunda e traz logo seu chefe aqui.

— Eu disse que ele já vem senhor.

— Vamos garoto! — Marcel grita. — Agiliza o seu trabalho... Eu quero fazer uma confissão aqui, será que dá para ser?... Será que você pode trazer um policial de verdade para cá?... Que tipo de segurança nos temos nessa cidade...

Meio sem graça o garoto pede que ele espere e sai correndo porta afora.

— Não se preocupa parceiro eu não vou deixar esse velho sair numa boa disso.

Constantino ainda olhando para baixo bufa e dá de ombros. — E no que isto nos ajuda?

Falando alto o jovem guarda volta conversando com alguém que vem logo atrás. — Ele disse que quer confessar, falou alguma coisa sobre o dono da casa ter planejado matar a esposa.

— Isto mesmo. — Grita Marcel.

Finalmente o oficial entra na sala e para com o peito estufado como se fosse um super-herói chegando para salvar o dia.

— É isto mesmo chefia ele... — O malandro trava quando olha para o oficial de nariz empinado; A sua voz parece uma bexiga esvaziando, ficando fraca a cada letra até que quase não se pode ouvi-la e a única coisa que sai de sua boca com esforço, se arrastando é — Oficial Andries?

Quando todos olham surpresos para Marcel por ele saber quem é Andries, o oficial disfarça rápido. — Isto mesmo. Sou eu! Viram rapazes? Trabalhem duro até que o seu nome seja conhecido e temido por esta escoria. — Ele solta um sorriso amarelo e discursa enquanto anda até Marcel. — Seus dias de causar medo aos cidadãos desta cidade chegaram ao fim, é hora de se acertar com a justiça.

Próximo do malandro o policial se agacha e quase fala alguma coisa, mas para e olha para trás onde o jovem guarda o observa parado. — Bom trabalho rapaz! Vá ver se não precisam de você em outro lugar. — Assim que o jovem sai ele se volta para Marcel. — Eu disse que você estava me devendo, falei que te daria alguns dias para levantar mais dinheiro, mas ao invés disso você vai ser preso. — Andries segura o queixo como se pensasse. — Me corrija se eu estiver errado, mas de dentro da cadeia você não vai conseguir mais dinheiro para me dar não é mesmo?

— Oficial... Andries... Este velho sem vergonha nos enganou, ele nos contratou para matar a esposa, mas agora está dando para trás...

— Não interessa o que vocês fizeram ou deixaram de fazer, vocês foram pegos invadindo... Em flagrante, eu não posso fazer nada por vocês e o que me deviam antes, continuam devendo agora.

— Ahhh. — Marcel começa a se irritar. — Entenda... ele disse que ia nos pagar 5mil pelo assassinato e nós sabemos onde o dinheiro está.

Andries chega mais perto. — Continue.

— Ele mesmo criou um pretexto de que precisava de ajuda para jogar um sofá fora e por isto estamos aqui.

— Nós não invadimos, foram eles mesmos que abriram as portas para a gente entrar. – Constantino finalmente dá um sinal de vida.

— Foi mesmo. — Continua Marcel. — Nos ajude a bolar alguma coisa... Droga olha só para gente, estamos machucados, sujos e fedidos e olha para eles...

Andries nota o casal com as roupas limpas e sem machucados, as portas e janelas intactas e apesar de um pouco de bagunça nada na casa parece estar fora do lugar. — Tudo bem, vamos supor que eu consiga bolar alguma coisa...

— É claro que consegue, você vive fazendo isso...

— Não me interrompa... Como eu dizia, se eu ajudar vocês e eu disse se... Vocês vão me falar onde está o dinheiro?

Marcel da risada. — Claro que não, nós te damos metade.

O policial tapa a boca do malandro com a mão. — Você não quer falar mais alto? Acho que não conseguiram te ouvir do outro lado da cidade. — Ele olha em volta e ninguém parece ter notado. — Eu quero o dinheiro todo ou deixo vocês irem para o xilindró.

— Te damos setenta e cinco por cento.

— Tudo ou é cadeia.

— Tudo bem... tudo, mas te pagamos depois que estivermos soltos e na rua.

— Posso dar um jeito nisto. — O policial se levante estica o uniforme antes de andar até Vicente.

18

Com a mão o jovem guarda chama o marido e o apresenta ao oficial. O policial que lidera o caso pega um bloco de papel e uma caneta nos bolsos e fala enquanto escreve alguma coisa.

— Boa noite senhor Vicente. Eu me chamo Andries, Oficial Andries. Notei que as portas e janelas não foram forçadas. Como eles entraram na casa?

— Eu os contratei para jogarem...

— Um sofá fora... Sim, já me falaram sobre o tal sofá, mas parece que eles também não roubaram nada.

— Acreditamos que eles estavam estudando a casa e quando decidirem partir para o crime de fato o casal os impediu. — Diz o investigador, seguido por um olhar de reprovação do oficial, ele se cala decide se afastar em silêncio.

— Entenda a minha situação senhor, estes homens foram convidados a entrar... — Andries passa os olhos pela casa. — ...e não parece faltar nada na residência.

Do nada ele para de escrever, com a caneta batuca o bloco de papel, respira fundo e finalmente olha para Vicente com atenção, tendo a sensação de já telo visto. — Eles me disseram que foram pagos para matar a moradora da casa. Veja bem, não estou te acusando, mas olhando para a situação que encontrei, é uma hipótese que também não posso descartar.

— Isto é ridículo, eu jamais faria algum mal para a minha querida esposa! — Vicente Puxa a mulher, a abraça e a beija na bochecha deixando até mesmo a velha surpresa com a demonstração de carinho.

— Com certeza, mesmo assim gostaria de fazer mais algumas perguntas antes de prender qualquer um aqui. — A sensação de familiaridade com o velho não lhe sai da cabeça. — Vou precisar que todos sejam encaminhados para a delegacia... — Ele olha com mais cuidado, mas não se lembra de onde o conhece. — Lá poderemos esclarecer... Escute aqui... Eu conheço o senhor?... Eu já o vi em algum lugar?

Com a cabeça o velho ainda abraçado a esposa responde que sim.

— E aonde já nos vimos?

— No porto, perto dos muros.

— Solte homem... — Francesca incomodada com o abraço o empurra. — Bicho pegajoso.

— Senhora... Senhora... Por favor... — O policial afasta um pouco Francesca e chega mais perto de Vicente. — Do porto?

— Sim, eu fui até lá mais cedo para procurar alguém que pudesse me ajudar...

— Com o sofá... Tah... Prossiga. — Andries acelera o velho, já impaciente.

— Bom... Quando estava andando por lá pedindo ajuda eu vi o senhor... — Vicente coça a cabeça sem jeito e gagueja. — Trabalhando...

Na mesma hora o policial vê a imagem daquele homem segurando uma folha de jornal em frente ao rosto enquanto ele cobrava a propina de Marcel.

— Eu acho... — Continua Vicente sem encontrar as palavras certas. — Que você me perguntou...

— Eu estava trabalhando. — Fala Andries com firmeza na voz. — Isto mesmo, estava trabalhando, fazendo minha ronda matinal...

— No porto? — Pergunta o jovem policial.

— Sim, rapaz, aprenda que o crime não tem hora nem lugar! — Ele aponta para os dois malandros. — Agora vamos tirar estes dois vagabundos daqui!

Todo mundo fica parado se pergunta o que está acontecendo até que Andries bate palmas com força e levanta Constantino. — Vamos homens, alguém me traga uma algemas.

Os outros policiais aceleram os passos e algemam Marcel e Constantino.

— E sobre o outro assunto senhor? — Pergunta o guarda mais novo.

— Este homem é um cidadão de bem. — O oficial põe a mão no ombro de Vicente. — Eu confio na palavra dele.

— Mas...

— Mas nada garoto. — Andries leva o guarda até Marcel puxando-o pelo braço. — Leve-o para a viatura!

Tanto o guarda quanto Marcel tentam questionar o oficial, mas ele os empurra para fora da sala. — Vamos... Vamos... Filho você fez um bom trabalho agora vá preencher algum relatório e sai daqui.

Com mais palmas o oficial chama a atenção de todos na casa. — Vamos pessoal, esta tentativa de assalto foi resolvida. Bom trabalho para todos. Agora vamos deixar este pobre casal descansar em paz!

Finalmente Francesca e Vicente estão sozinhos em casa.

— Meu deus que confusão toda foi esta?

— Foi um dia e tanto não foi? — Vicente se senta em uma cadeira. — Dá para acreditar naquela história de eu tentar te matar?... Estes miseráveis tentam de tudo para prejudicar os outros.

— Fique calmo homem. Eles estavam desesperados e tentando de tudo para não serem presos — Francesca se aproxima do marido e segura seu rosto. — Mas agora que tudo passou, me diga uma coisa... E o maldito sofá, vai ficar ali no canto por mais quanto tempo?

— Eu não vou mexer com isto hoje Francesca.

— E porque não? Você acha que o que aconteceu é motivo para fugir do serviço seu preguiçoso?

O velho se levanta e sai em direção ao quarto, mas a mulher sai atrás dele. — Eu já te avisei que não quero aquilo em casa o fim de semana todo. — E assim eles seguem discutindo...

www.ingramcontent.com/pod-product-compliance
Lightning Source LLC
Chambersburg PA
CBHW021756150726
47989CB00004B/1686